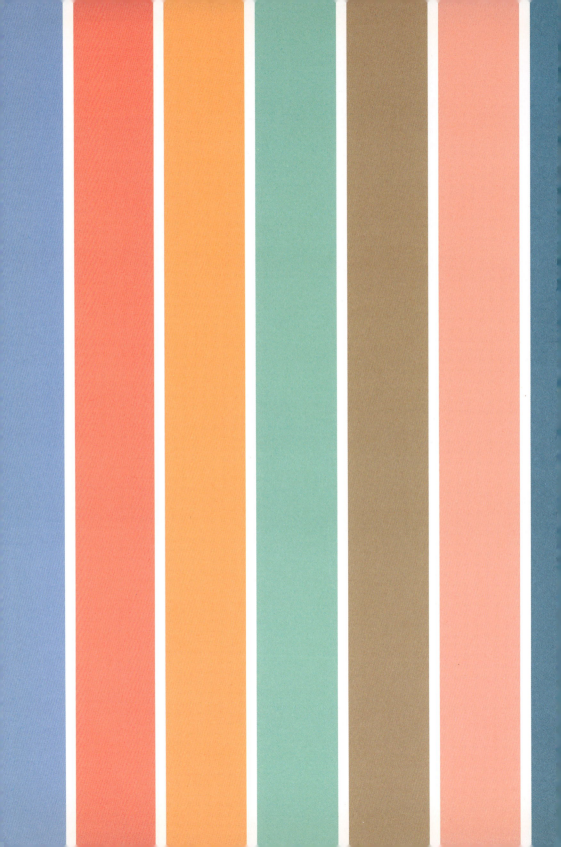

听雅诺什讲趣味故事

史努德上学记

[德] 雅诺什 著　　张捷鸿 译

清华大学出版社

北京

横空出世的雅诺什？

刘绪源

关于雅诺什的资料，现在已很容易找到：1931 年出生于波兰边界一个小村庄，父母离异，由爷爷奶奶养育成人；从 13 岁开始先后在炼铁铺和服装工厂工作，同时自学作画，一心向往慕尼黑艺术学院，却没能通过考试；但他仍专心于绘画和创作，终于在 29 岁时出版了处女作，从此一发而不可收；他出版了近二百种作品，被翻译成几十种文字，它们多是自创自绘的儿童小说和图画书，儿童和成人都爱看，他已风靡世界……

他的作品的确非常奇特：信手而写，信笔而画，仿佛漫不经心，却又趣味横生，让你暗生欢喜，看着看着就迷上了；孩子更是易于被他的画面吸引，由画面而故事，从此认准了他那明丽、洒脱、夸张的色彩和笔法，一看到就要买，渐渐成了他们的最爱。

雅诺什与众不同，这同他不由正规的学校培养，而靠自学成才，有很大关系；同他不是经由文学或教育走入童书界，而是通过他自创一格的绘画挤入这一圈子，也大有关系。

曾看到有人给他打分：叙事能力 9 分，画面和谐 10 分，风格特

1

征 10 分。颇觉有趣。要是由我打分，那也许是：趣味第一，绘画第二，故事第三。

他的成功首先在于他与众不同的趣味：他是个老顽童，到老还充满童心童趣，所以在很多作品中，简直就是以顽童的视角、心理和语言在叨叨地诉说；他又是个充满慈爱的人，对孩子有无穷的兴趣，可又老不正经，有话不好好说，所以老在那儿半真半假地调侃，他的很多作品就是这种独特的却又充满爱意的表白。

说了那么多"独特"，现在回到本题：他是横空出世的吗？他的那么多独特的或奇特的作品，是不是也有某种隐秘的传承？

我以为，有。即上述的那些与众不同的趣味，也并非横空而来，他的前辈——那些分布在其他国度、也有着独特的童心童趣的怪人们——已经有过近两百年的探索了。下文拟试作探讨。如能把这种隐秘的师承理清楚，那么，对雅诺什艺术风格的把握，也就水到渠成了。

在拙著《儿童文学的三大母题》中，将儿童文学大致分为三个母题：爱的母题（内分"母爱型"与"父爱型"），顽童的母题，自然的母题。雅诺什所传承的，正是第一个母题中的"母爱型"和第二个母题即"顽童型"，他的趣味在这二者间游移并发扬，我们能从中获得与之相似的美感，他的成功也源于此。

先说"母爱型"。拙著中有这样的概括："早期民间童话的主题几乎都是母爱。通达主题的途径不是故事，而是'语境'。它们的共同特点是：一、创作时大多没有教育目的，随意性、即兴性较强；二、故事离现实遥远，所涉及的却都是母亲们感兴趣的话题；三、情节曲折但不过于刺激，最后多以'大团圆'作结；四、结构上采取反复回旋的方式，一般篇幅不大；五、叙述语言体现母性的慈祥与安详，也有适度的幽默与夸张，这是由发自内心的喜爱激发起的玩笑心态，合乎儿童渴求游戏的心理。"这里说的"早期童话"，包括《小红帽》《睡美人》《白雪公主》等等，就故事来说它们大多并不完整，也不讲究严格的逻辑，它们最突出的恰是讲述故事的"语境"，也就是家庭、母亲、壁炉边那种温暖的氛围。

　　我们再看雅诺什。在《写给孩子的小故事》一书中，有一首《睡吧，可爱的小玩偶》："我认识一个小玩偶，/他住在一座房屋里，/屋子旁边有一棵结了果的苹果树，/还有一只肥老鼠。/然后，我认识了鳄鱼、/白猫穆尔/和一条曾经在尼罗河里游过泳的鱼，/还有鸽子古尔蒂鸟尔。/一条窄轨小铁路从房屋后面经过，/睡吧，亲爱的小玩偶。"这后面还有一段："两个老小孩，/坐在板凳上。/胖子森林熊，/小的瘦又长。/这时兔子说：'熊先生，/他们到底从哪儿来？'/'加拿大、波兰、新加坡，/乌拉尔、内罗毕、培鲁齐斯坦。'/瞧，那儿一个正在看！"这里分明有母亲的口吻，而且是累得快要入睡的母亲。她一边把孩子感兴趣的东西罗织在一起，编出故事场面哄孩子，一边自己的思路已开始模糊，那句"培鲁齐斯坦"据译者说，就是个拼错的地名。那本《史

努德上学记》，写孩子一次一次迟到，循环往复，既好笑，又没有多大危害，也透露着母亲编织故事的语境特色。它们和那些早期童话，是有异曲同工之妙的。而雅诺什的很多故事，几乎就从早期童话中搬来，如《我亲爱的狐狸》一书中，《银河小红帽》是《小红帽》的现代版，只在故事中加了很多现代科技外衣而已；《卖火柴的小女孩》则是在安徒生原作上删削了一些冷酷的色泽（另一本《奶奶可爱的童话箱》中的《皇帝的新装》也是大致保持了安徒生的原貌）——可能他约稿太多，难于应付，就干脆拿现成作品改写并配画了。那篇《我亲爱的狐狸》也可说是格林童话的续写，那氛围格调与早期童话如出一辙。当然，他的书中也有不少知识性的内容，并常常会出现哲理性的词句，这些千万不能当真，这只是他信手拈来的调侃而已，那是大人内心的慈爱和兴趣满溢时的临场发挥，并非为了传递知识和思想。如《青蛙和老虎鸭》中的这些话："我的鸭子是纯天然无污染的，就像一颗衬衫上的纽扣。它的木头里不含任何化学物质，也没有疯牛病，更不是热带森林的木头。它不会排放污染空气的有害气体，也不会随手乱丢塑料袋。总而言之，它百分百无公害，并且得到联邦德国技术监督联合会的认证。你们中间有谁可以这样担保，请站出来！"这是成人的用词，却又是儿童的逻辑和语气，这分明是大人面对儿童的一种压抑不住的表演。这种讲述激情，也就是母爱的演化。

再简说一下"顽童型"的特征。我们知道，很小的小孩，大约两岁不到，就能自觉顺应那种循环往复的"无厘头"游戏，乐此不疲。所以，在儿童文学最为发达的英国，很早就有这类作品。周作人评赵元任译《阿丽思漫游奇境记》时，曾勾勒过这一文学史的线索："英国儿歌中《赫巴特老母和伊的奇怪的狗》与《黎的威更斯太太和伊的七只奇怪的猫》，都是这派的代表著作，专以天真而奇妙的'没有意思'娱乐儿童的。这《威更斯太太》是夏普夫人原作，经了拉斯金的增订，所以可以说是文学的滑稽儿歌的代表，后来利亚(Lear)作有'没有意思的诗'的专集，于是更其完成了。散文的一面，始于高尔斯密的《二鞋老婆子的历史》，到了加乐尔(按即《阿丽思漫游奇境记》的作者卡洛尔)而完成，于是文学的滑稽童话也侵入英国文学史里了。"这里的"利亚"今译李尔，这本"没有意思的诗"近年有陆谷孙先生的新译本，书名为《胡诌诗集》(海豚出版社2011年版)。"没有意思"即"Nonsense"，按儿童文学家任溶溶先生的译法，就是"无厘头"。任溶溶说："无厘头"可以看作儿童文学最早的源头。

雅诺什《写给孩子的小故事》中的许多诗，与李尔的《胡诌诗集》其实是很像的，如第一首《动物和农夫》："农夫和山羊，/坐在葡萄架下面。/他们吃着香肠，喝着葡萄酒。/是呀，生活就该是这个样儿。/农夫和山羊，/穿着最厚的衣服，/还冻得发僵。"到这儿为止，几乎都是"李尔趣味"，李尔的诗里总要写某人倒霉，这是儿童的"恶作剧"心理，也正是"顽童型"作品吸引儿童的一个重要的方面。但

雅诺什还比较温馨，最后又加了一句："冬天终于过去了！／他们在美丽的五月里翩翩起舞。"所以我们说，他的趣味常在"母爱型"与"顽童型"之间游移。德国早期"顽童型"的代表作是拉斯伯的《吹牛大王历险记》，而雅诺什的《老鼠警长》等与之十分相像，尤其是那位警长说自己穿着肥大的衣服，身子在里边躲来躲去，枪弹怎么也打不死自己时，与十八世纪敏希豪森伯爵的故事就既神似又形似了。

"母爱型"体现的是成人对儿童的视角，"顽童型"体现的则是儿童自己的视角，雅诺什两种视角兼具，但更多的时候，他用的还是儿童视角吧。所以，他的作品常常像是孩子在独自呢呢喃喃讲个不停，要在这里找出完整的故事也许是困难的，但从中透露的儿童趣味，已足够我们咀嚼与玩味了。

上学第一天，史努德磨磨蹭蹭到很晚才到学校。

他在路上和朋友玩了一会儿，又乘坐君特的小船在小河里来回行驶了几趟。一来二去，当他赶到学校的时候，同学们都已经回家了。

尽管如此，他还是在学校里学了一个字：我。

因为这个字一直在黑板上写着，还没擦掉呢。

现在他已经认识了一个字，并且差不多也能写出来了。

明天就是开学的第二天了。

"妈妈，我不想再迟到了！"史努德睡觉前对妈妈说，"因为我明天必须在学校里学更多的东西。我想学会所有的知识，你能理解我吗？"

"当然啦！"妈妈说。

"那么，能把你绿色的闹钟借给我用一下吗？以防万一，如果我的闹钟不响了怎么办？"

于是，妈妈把绿色的闹钟借给了他。她反正也不需要闹钟，为了有更多的时间享受生活，她每天不用叫就起床了。

"当心，不要把闹钟砸在脚上，听见了吗？你还那么小，闹钟的个头可不小。"

　　史努德又对爸爸说："能把你的闹钟借给我用用吗，亲爱的爸爸？因为明天我不想再迟到了，请你相信我。"

　　爸爸也把自己的闹钟借给了他。因为他也不需要闹钟。每天早上，当太阳升起来的时候，他会按时自动起床。随后，他会到森林和田野里去观察动物的生活，倾听云雀在清晨的空气中歌唱，研究蚂蚁和甲虫的行踪。

　　好了，史努德现在有三个可以叫他起床的闹钟了：妈妈的闹钟，爸爸的闹钟，还有自己的闹钟。还有什么可担心的呢？

　　万无一失。

　　除此之外，史努德还发明了一个非常有创意的叫醒装置。

　　爸爸有一个用不着的刮胡须镜子，这个镜子爸爸用不着了，因为他从不刮胡子。他把爸爸的刮胡须镜子悬挂在早上第一缕阳光照进窗户时就能照到的地方。当阳光照到镜子上，镜子又会将阳光反射到他妹妹苏瑟的眼睛上。

躺在小床上的苏瑟马上就会醒过来。她一醒就开始又哭又闹——她每天从早到晚无时无刻不在哭闹，让正常人的神经实在难以忍受。

只要妹妹一哭，他——史努德，就会在哭闹声中醒过来了。

这个发明可真是千金难买啊！

如果一切如愿，史努德早上就会有大量的时间。

他可以好好地吃一顿早饭，享受那蘸着蜂蜜的核桃和杏仁，还有蓝莓和黑莓。

他可以从容不迫地把文具收拾好：铅笔、圆珠笔、纸……

与此同时，妈妈可以为他准备在学校里吃的食物：夹着奶酪和黄瓜的加餐面包，再加一个西红柿。如果有可能，还会有一片奶油饼干。这些都是一年级孩子爱吃的东西。

然后他会不慌不忙地闲逛着去学校。半路上还要和小伙伴玩一会儿，即使这样他还能第一个到校。

他有这么多时间啊！

"我要睡了，大家晚安！"史努德向家人道晚安的时候，再一次看了看三个闹钟。

这天晚上他睡得又香又甜，就像一只正在冬眠的森林老鼠。

妈妈的闹钟没有把他叫醒，因为这个闹钟从来没有走过，买的时候就是坏的。

爸爸的闹钟也没有把他叫醒，因为它已经用了一百年，早就没油了。

他自己的闹钟也没有叫醒他，因为他没有设定时间，他还不知道怎么定时呢。

当第一缕阳光照进房间之前，不知谁把一个花盆放到了窗台上，这个偶然事件史努德可没有想到。结果，阳光没有照射到镜子上，镜子没有把阳光反射到苏瑟的眼睛上，苏瑟没有哭，也没有闹。

史努德也没有按时醒来。

当他很晚以后才醒过来的时候，就像被疯狂的大公鸡啄了一样立即跑出家门。

没有带早餐，忘了带本子和圆珠笔，连帽子也忘带了。他希望至少能赶上校车。

他飞跑着，就像一只被追捕的鹌鹑飞过草地。然后他远远地、眼睁睁地看着校车越开越远，在马路上消失了。

　　"真是前功尽弃！这一天就这样被毁了！"

　　史努德边说边踢起一个榛子，就像发点球一样朝两棵草的中间射去，可惜没有踢中球门，完全踢到外面去了。

"简直不想活了！"史努德慢慢地走回家去，连早饭也没有兴趣吃了。

　　真是糟糕透了！

　　就在他忧伤而又失魂落魄地往回走的时候，忽然听到了一阵尖细的口哨声。

在草地的某个地方传出来那样一种"哔哔"声，那样一种尖细的声音，就像风中的竖琴声。

他马上开始寻找，啊，他找到了！他看见了一个小小的草地精灵。

它被一个老鼠夹子夹住而不能脱身，情况万分紧急，如果无人相助，它将永远不能得救。史努德听到的正是它在危急中的呼救声：完了——没命了——结束了——永别了！

当史努德在生死关头把草地精灵从老鼠夹子上解救出来那时起，他们就成了永远的好朋友。

是的，直到永远！因为精灵是不会死的，无论如何也能活个上百年，这是肯定的。

"如果你有什么困难的话，兄弟，请你告诉我，我是一个精灵，一切都不在话下。"

于是，史努德向它诉说自己有一个很大的困扰：每天上学都会迟到，怎样努力都没有用，简直无可救药。可上学这事还有那么长的时间。

"差不多要上一辈子学。"

草地精灵从一棵树上摘下一片叶子，因为它没有纸。它在叶子上用太空数字写了一个太空公式，然后递给史努德。

"你把这个树叶上的公式写在一页纸上，上学的时候带着它。你只要把这张纸卷起来，从左边爬进太空时间通道，从右边再爬出来，时间就会倒退两个小时。每次都是两个小时。如果你从另一头钻进去，再从这边爬出来，时间就会提前两个小时。明白了吗？"

　　不用说，史努德完全听懂了。

　　"比方说，如果我迟到了两个小时，只要我从这个通道里爬出来，那我就是正点到达。哇！这正是我想要的！"

　　"如果你从这个通道里爬两次，那你就提前了四个小时，如果爬三次……"

"那就是六个小时！"史努德喊道。

"如果你从右边往左边爬的话，那你就会晚两个小时……"

"如果我钻一百次，那就……"

"那就是一百次两个小时……"

没等草地精灵说完，史努德已经跑得没影了，他边跑边喊：
"我们以后见，拜拜了！"

草地精灵把自己重新缩成一个小卷，消失在草丛中。

当然是暂时的。

史努德立即把太空数字写在一张大纸上，现在他已经认识了
一个字，还会写七个太空数字，还有什么能难得倒他呢？

"你这是在干什么呀？"当史努德在纸上写那七个数字的时
候，小马问他。

"你马上就会看到了。"史努德说。

他把纸卷成一个圆筒，从左边爬进去，从右边爬出来。当他从另一端爬出来的时候，时间真的早了两个小时。小马还没有站在他的身旁。时间是那么早，他甚至还躺在床上，几只闹钟围在他的身边，一只也不走。不过没什么，因为他已经醒了，并且坐在床上！

妹妹还在床上睡着。

现在他可以起床了——慢慢地穿上裤子，接着穿上袜子，然后不慌不忙地叫醒妈妈，因为这个时间，她也还在睡着。她起来后，同样可以从容地准备早餐。

小马是被噪音吵醒的。

榛子、杏仁、蓝莓、黑莓，全都蘸着蜂蜜。史努德坐在这边，妈妈坐在那边，小马坐在桌子上。

史努德没有把妹妹苏瑟叫醒，这样他们在吃早餐的时候就不会被她吵得心烦。

史努德的爸爸已经到野外去了，今天他打算考察一些蚂蚁的踪迹。

接着，妈妈精心地给史努德准备午餐。

现在小马也想去学校了。

"我想知道关于樱花的知识，还想学习怎么培育金龟子。"

"好吧，如果你能帮我扛东西，那你就去吧。"史努德说。

于是，妈妈为史努德准备了两个夹着奶酪、黄瓜和亚麻子的高热量面包，给小马准备的是两块干粮，夹着精饲料、干草和青草。

"别忘了拿上野餐用的垫子，反正有大把的时间，我们可以在半路上享受一下自然风光。"史努德说。

小马把午餐卷进野餐垫里，拿上了本子、铅笔、圆珠笔，然后他们就上路了。

别忘了你的帽子，史努德，可能要下雨啊！

当他们经过小池塘的时候，正在游泳的青蛙君特对他们说："你们要去哪里呀，朋友们？"

"去学校！"史努德回答。

"时间很紧吗？"

"不，我们有很多时间，因为我可以让时间……"

可以让时间怎么样呢？史努德不想把这件事告诉君特，不能让每个人都知道有这种好事。

"那么就过来游会儿泳吧，"君特说，"我们可以在水里玩耍，和小猪、鸭子玩扔泥团的游戏。"

于是，他们玩起来了。

他们跳进水里，像小猪一样用脏泥巴把自己身上抹得脏兮兮的。最起劲的是君特，他用淤泥把史努德涂抹得像个泥人。

不过没什么。

潜到水里洗一下就干净了。

小马正在学鸭子潜水："头伸进水里，尾巴朝上！"

他们尽情地玩着，一玩就是两个小时。

"没什么大不了的。"史努德说着，和小马一起爬进时间通道，他们重新赢得了两个小时的时间。

现在他们仍然悠闲自在地往前走。

没过一会儿，他们在小丘陵上遇到了擅长奔跑的兔子。

他的名字叫鲁莫，总想胜利，总想得第一。他长着一双大长腿，跑起来仿佛一道闪电。

"你们要去哪儿啊，朋友们？"鲁莫问。

"去学校。"史努德说，"不过，我们一点儿也不急，有什么好玩的事可以做做吗？"

"那么，能不能……我想和你们其中的一个赛跑，我们从这里出发，谁能在两个小时之内先跑回来，谁就赢。很容易的。"

史努德想：我完全骗得了他。兔子都有点儿笨，他一点儿也不知道我的时间通道。

于是，史努德同意了兔子的请求，并让兔子先出发。

"就让你占点儿便宜吧！"

他在兔子身后喊。随后史努德钻进了他的时间通道。他想，如果提前两个小时出来，等兔子跑回来的时候，他就已经在这里了。

可是你想错了，亲爱的史努德。

因为当他从时间通道里爬出来的时候，他的确提前了两个小时，可那时候他还没有遇见兔子呢。

为此他必须再等两个小时。

两个小时后，当兔子再次过来时，他不是在奔跑，而是刚刚遇到史努德。

他问："你们要去哪里啊，朋友们？"

"去学校。"史努德说，"不过，我们一点儿也不急，有什么好玩的事可以做做吗？"

"那么，能不能……我想和你们其中的一个赛跑……"

史努德意识到，他已经失去了两个小时，自己白白地在这里等了这么长时间。现在他已对参加比赛毫无兴趣。

所以他说"不"，他不想赛跑。因为他要去学校，他想去学校写字读书。

"多少？"鲁莫问。

"什么多少？"

"你学会了多少？"

"差不多都会了，一个完整的字，'我'，这个字随处可见，我可以给你读出来。"

不过鲁莫根本不会写字，也不会认字。一个兔子用不着去学校。

"真遗憾，"史努德说，"没办法，否则我会给你读点儿什么。"

史努德和小马急匆匆地往前走，他们可不想迟到，也不想再从时间通道里爬来爬去了。

不久，他们感到肚子饿了。

时间通道可没有抵抗饥饿的功能。它可以让时间往回走两个小时，而饥饿却无法阻挡。

于是他们吃了各自的午餐面包。

这时，他们遇到了体格庞大的野猪。

"你们谁和我跳一个朗巴得舞？"高大雄壮的野猪说，"跳舞能让我激情澎湃，咚咚咚，恰恰恰……"

正巧史努德也喜欢跳朗巴得舞，小老虎也喜欢跳舞，草丛里的荷兰猪也喜欢跳舞，鸭子则吹起了口琴。

在学校里也很愉快啊！

想到这里，史努德和小马继续向前走，不一会儿碰见了把卷发扎在头顶的莉莉。

"你们去参加瑞芙丽特的生日宴会吗？那里有带冰淇淋的和不带冰淇淋的蛋糕，有带柠檬的和不带柠檬的汽水。每个参加者都能得到自己喜欢的东西，各种东西应有尽有。瑞芙丽特已经有两百岁了。"

瑞芙丽特是一只给人烫衣服的大象，我们都认识她。不是吗？

对，我们都认识她。

"噢，不，我们不想去。"史努德说，"因为我们必须去上学。我差不多认识所有的字，但有些字还会写错。如果这里有什么我认识的字，我可以读给你们听。"

"那我来写吧。"头上顶着卷发的莉莉说，她会写很多字。然而她还没有写上两行，史努德和小马就已经继续赶路了。

也许还能再从时间通道里爬过去，那样就又有时间了，或者可以去参加大象的生日宴会，并一直在那里待着，直到永远。

只要从时间通道里爬出来就行了。但是他们不想那样做。他们已经经历了足够多的事情，现在他们更想学习。

在去学校的路上，他们很快超过了许多正在赶往学校的同学。有蟋蟀、老鼠……还有独轮车小矮人。

独轮车小矮人把小象放在独轮车里推着，一会儿小矮人推着小象，一会儿小象推着小矮人。通过这种方式，总有一个会很舒服。

好朋友之间通常会这样做。这次我帮你，下次你帮我。

当史努德看到这个情景后对小马说："这次你先驮我吧，下次我再背你。"

哈，我们很想看看史努德下一次是不是真的会背小马。

　　史努德和小马这次只迟到了一小会儿。

　　母鸡老师问大家："1 加 0 等于多少？亲爱的同学们，谁知道答案？"

　　老鼠大喊："等于 0。"

　　"完全错了。"

　　"不是 0，就是 2。"

"也不对。"

"那就是 5。"

"根本不对，这道题的答案是 1。"

"我正想说呢！"老鼠说。

母鸡老师的数学真厉害！可我们也会算这题呀，不是吗？

数学课到此结束。

　　"现在，"课间休息后，母鸡老师说，"我们开始上语文课。昨天我们学了什么字？谁能在黑板上写一下？"

这可是史努德完全没想到的。

然而……哎呀!

当然他写了一个错字。因为这个字缺少了笔画。那，缺了什么呢？

我们都知道哪里错了，这是很容易的，只少写了一撇。

少了一撇并不是那么糟糕。

接着他们学习了新字：你。这个字我们已经认识了，我敢打赌：每个人都认识这个新学的字。

史努德把字写在纸上，那上面已经有七个太空密码，他还写上了另外几个已经认识的字。

他说："全都写对了，同学们，现在我全都学会了。"

噢，亲爱的史努德，明天我们在学校里还要学更多的东西呢！

放学后，这次是小象帮着小矮人推车。可是史努德却不想背小马了，所以他和小马要从时间通道里爬过去。

　　但是，他们爬反了方向。现在他们不是回到两个小时以前，而是到了两个小时以后。

　　当他们从时间通道里爬出来的时候，他们已经回到家里，两个小时已经过去了。

　　这倒很合算，因为他们不必走路回家了。

这个时间通道真是一个宝贝，我们可以很方便地使用，不是吗？

谁要是听到一个被老鼠夹子夹住的草地精灵的呼救声，可一定要把它解救出来啊。

它会赠给你七个太空密码，你就可以用这七个密码制造出一个时间通道。

谁要是幸运地救了一个草地精灵的命，谁的好运就来了。不敢说一切如愿，但至少上学的时候不会再迟到。

图书在版编目（CIP）数据

史努德上学记／（德）雅诺什著；张捷鸿译．-- 北京：
清华大学出版社，2016
（听雅诺什讲趣味故事）
ISBN 978-7-302-43238-8

Ⅰ．①史… Ⅱ．①雅… ②张… Ⅲ．①儿童文学－图画故事－德国－现代
Ⅳ．① I516.85

中国版本图书馆 CIP 数据核字（2016）第 041749 号

Title of the original edition: Author: Janosch Title: Schnuddels 2.Schultag
Copyright © LITTLE TIGER VERLAG GmbH (Germany), 1999

北京市版权局著作权合同登记号：01-2015-2667

责任编辑：苗建强
封面设计：王圆婷
版式设计：王圆婷　赵　晶
责任校对：谢京南
责任印制：王静怡

出版发行：清华大学出版社
　　　　网　　　址：http://www.tup.com.cn，http://www.wqbook.com
　　　　地　　　址：北京清华大学学研大厦A座　　邮　　　编：100084
　　　　社 总 机：010-62770175　　　　　　　邮　　　购：010-62786544
　　　　投稿与读者服务：010-62776969，c-service@tup.tsinghua.edu.cn
　　　　质量反馈：010-62772015，zhiliang@tup.tsinghua.edu.cn
印 装 者：北京亿浓世纪彩色印刷有限公司
经　　销：全国新华书店
开　　本：165mm×225mm　　印　张：4.5　　　字　数：50千字
版　　次：2016年5月第1版　　印　次：2016年5月第1次印刷
定　　价：22.00元

产品编号：063831-01